그 이름 안에

안준희 시집

소울앤북

시인의 말

돌이켜보면 삶의 시간들은
말보다 먼저 시가 되어 마음에 남았습니다.
자연과 계절에서 시작된 생각들이
가족의 이야기와 삶에 대한 성찰로 이어졌습니다.
나라를 향한 마음과 통일의 염원,
세상을 향한 물음과 소중한 인연들에 대한
감사의 마음을 서투나마 시로 엮었습니다.
아홉 남매를 낳고 길러주신 부모님을 그리워하며
헌정의 마음도 담았습니다.
부족한 글이지만 잠시 머무는 따스한 쉼터라면
더 바랄 것이 없겠습니다.

2026년 봄
안준희

차례

제3부 | 별로 살고 싶다

제1부

봄

봄

호~오
엄마 입김 같은
따뜻한 햇살에

풀어헤친 대지 사이로
소곤소곤
긴 겨울 넘어 재회한
냉이랑 달래랑
반갑다 폴싹이고

노랑 치마 분홍 저고리로 단장한
개나리와 진달래도
덩달아 얼싸안는다

벌거벗고 고요했던 산허리엔
어느새 스멀스멀

봄물결이 일렁인다
꽃으로 잎사귀로
피어나고 돋아나고

봄비

선잠에 취해
뭉그적 뒤척이는
새싹들의 어깨를
토닥토닥
봄비가 깨우고 있다

어둠을 가르며
창틀을 비집고 들어와
어서 일어나라고
작고 어린 물방울들을
또르르
던진다

기지개 켜고 웃는 내게
초록 잎새에게도
입맞춤하라고

꿈

파도에 목간한
하얀 조가비

드넓은 모래밭에
시름을 내려놓고

하늘을 품어
마음을 포갠다

햇살에 버무린 언약
바다에 펼쳐진 기억

하얀 세월 속에서도
늘 푸르기를

그날처럼

시간을 깨우는 빛

차갑던 눈곱 떼어내고
단장한 몸 새털처럼 가벼워
나풀나풀 춤추는 넌
잠들어 있던 시간을 깨우는 빛

네가 오면
멈춰 있던 것들이
하나씩 제자리를 찾는다
굳어 있던 숨이 풀리고
대지는
다시 움직이기 시작한다

넌,
모두의 마음에 스며드는 이름

약속하지 않아도

늘 같은 자리에 돌아와
떠났던 빛을 데려오고
식어 있던 시간을
다시 데운다

넌,
우리 모두의 희망이요
변심 없는
영원한 만인의 연인

소통

피기 전에는
그 꽃잎 속에 간직한
향기가 어떤지를
알 수 없다

열지 않으면
그 마음이
얼마나 아름답고 따뜻한지를
느낄 수 없다

꽃은
피어야 아름답고
향기를 남긴다

사람도
마음을 열어야

비로소

서로의 향기가

오래 머문다

서울의 봄

서울을 뒤져보니
봄이 나온다

한강 위에 아지랑이
너울너울 춤추고
이제 막 남산 골짜기를
돌아 나온 봄바람이
귓불을 스친다

이것 봐라!

안주머니를 털어보니
어느새
질긴 강풀이 돋는다

애인

봄에는
이름만 불러도 가까워지고

여름에는
가까움이 때로
상처가 된다

가을에 이르러
말을 줄이고
거리를 배우며

겨울 끝까지
함께 남아
침묵을 견디는 사람
그가
관계의 계절이다

선물

겨울을 벗은 따스한 햇살
한 입 두 입 베어 물자
어느새 초록빛이다

움튼 싹들
기지개를 켜며
숲이 되기 바쁘고
떨어진 꽃잎 자리에
몽글몽글 희망이 달렸다

더 푸르러질 숲
더 커질 희망
봄이 남기고 간 선물이다

가는 봄
아쉬워도 붙잡지 않는 것은

오늘이 지나
내일이 오듯
이 봄이 지나면
또 다른 희망을 안고
다시 올 것을 알기 때문이다

인생의 사계

인생의 봄은
아직 서툴러도
무엇이든 가능할 것 같은
착각이 아름다운 시절

여름은
해야 할 일들이 몰려와
숨이 차고
포기라는 단어를
여러 번 삼키는 계절
그럼에도
살아 있음이 뜨거운 시간

가을에 이르면
잃은 것과 얻은 것을
같은 저울에 올려놓고

비로소
내 삶의 무게를 가늠합니다

겨울은
속도를 줄이고
지나온 길을 덮어주는 시간
끝이 아니라
다음 봄을 준비하는
가장 깊은 인내의 계절입니다

친구의 사계

우리는 봄에 친구가 되어, 이유 없이 자주 웃었고 이름만 불러도 하루가 가벼워졌다. 여름으로 접어들며 서로의 삶은 바빠졌고, 마음은 가까웠으나 말은 거칠어지기도 했다. 다투지 않아도 서운함이 쌓이던 계절, 그럼에도 연락처를 지우지 못한 이유가 남아 있었다. 가을이 오자 우리는 각자의 자리에서 한 걸음 물러나 상대를 바라보는 법을 배웠다. 자주 보지 않아도 안부 한마디로 충분해졌고, 말보다 시간을 이해하게 되었다. 함께한 날들 중 무엇을 남기고 무엇을 흘려보낼지 스스로 가려내는 계절이었다. 겨울에 남은 친구는 많지 않았다. 그러나 끝까지 남은 그 한두 사람과는 굳이 약속하지 않아도 다시 만날 것을 알았다. 친구란, 계절이 몇 번 바뀐 뒤에도 여전히 같은 온도로 기억되는 이름이라는 것을, 우리는 그때 비로소 알게 되었다.

자각

봄은
가능하다는 말이
먼저 앞서는 시절

여름은
해야 할 일들로
몸이 먼저 늙는 때

가을엔
비워낸 만큼
자신이 보이고

겨울에서야
알게 된다
멈춤 또한
삶의 한 방향임을

여름아 미안해

초록빛으로 단장한 너의 매력에 반해 사랑하게 됐어.
너도 날 좋아했고 그래서 우린 하나가 되고 행복한 신
혼 기간을 보냈지. 여름아 내가 너를 많이 좋아했는지
알지? 그런데 차츰 너에게 딸린 식구가 보이기 시작했
어. 그게 더위라는 걸 알고 느끼게 되면서 너와의 사이
가 조금씩 멀어지기 시작했던 것 같아. 그래도 그동안
의 정과 좋았던 때를 생각하며 잘 지내보려 노력도 했
어. 그런데 더위뿐만 아니라 폭염과 모기떼, 장마와 폭
우, 태풍까지 네가 데려온 군식구들로 늘어나 평온하고
행복한 내 삶이 엉망이 되어 참을 수가 없었어. 아무 잘
못 없는 너에 대한 미움이 쌓이고 헤어질 결심까지 하
게 됐고 마침내 가을 앞에서 이혼을 했어. 그런데 여름
아, 가을을 만나고 나서야 내가 얼마나 어리석었고 이
기적이었는지를 실감했고 느꼈어. 풍요로운 황금들녘,
시원한 가을바람, 오곡백과, 꽃보다 고운 단풍… 이 모
두가 군식구들을 건사하며 참고 이겨내어 얻은 결실이

란 걸. 또 얼마나 값진 선물인지를 알았어. 내가 한 철 겪게 된 불편만 생각하고 너를 배려하지 못했어. 너가 얼마나 소중하고 고마운 존재인지를 모르고 타박하고 떠났던 나를 용서해줘. 여름아 미안해. 그리고 사랑해. 딸린 식구 더 많아도 좋아. 다 이해하고 사랑해줄게. 내 년 여름에 재결합하자

제2부

그 이름 안에

그 이름 안에
—부모님께 드리는 헌정시

말없이 세월을 품은 아버지
성실로 하루를 쌓아 올리네
아홉 남매의 집을 세우신 그 기둥
그 이름 속에 사랑이 있네

조용한 손으로 밥을 짓는 어머니
순한 마음으로 아이들을 품어
말로 다 못 할 생명의 뿌리
그 이름 속에 역사가 있네

아버지 안성기
어머니 조순형
그 이름 안에 흐르는 사랑

자식 며느리 손주 줄줄이
일흔일곱 숨결로 이어진 노래
그 이름 안에

우리의 집이 있네

말로는 다 담을 수 없어
이름으로만 불러봅니다
침묵 같은 사랑이 흐르는 곳
그 이름 안에
우리의 삶이 있네

아버지 안성기
어머니 조순형
그 이름 안에 흐르는 사랑

자식 며느리 손주 줄줄이
일흔일곱 숨결로 이어진 노래
그 이름 안에
우리 집의 역사가 있네

불로화不老花

봄, 여름
그리고 가을, 겨울
늘 아름답게
피어나는 꽃

막 피어난 듯
송이송이
내 마음 밭은
언제나 꽃 잔치

다정하고 따스한
미소와 손길
문득문득
피어나는 그리움

피고 또 피어

언제나 청춘인

내 안의 꽃

어머니

알람, 새벽 3시

시간은 손목에 있지 않았다
새벽 3시는
내 기억 속에서 숨 쉬었다

열다섯 해
엄마는 걷지 못했고
마지막 다섯 해
하루의 끝과 시작을
기저귀로 건너야 했다

처음엔
휴대폰 알람이 나를 깨웠고
나중엔
시간이 나를 불렀다
아니
엄마가 불렀다

떠난 뒤에야
그 시간이 더 또렷해졌다
새벽 3시
기저귀 갈아드릴 엄마가 없다는 것
그게 나를 울렸다

습관은 남아
나는 여전히
엄마 방문을 연다
아무도 없는 침대 앞에서
살아 있던 엄마를
다시 눕힌다

한 번
아침까지 시간을 넘긴 적이 있다
밤은 다 젖어 있었고

엄마의 살은 벌겋게 부풀어 있었다

목에 관을 달고
말을 잃은 엄마는
눈빛과 표정으로 말했다

나는
미안해, 미안해를
숨처럼 내뱉으며
기저귀를 갈았다

엄마는
말 대신 미소로
나를 먼저 안아 주었다

"준희야, 괜찮아."

아직도 이따금
그 시간에 눈을 뜨면
가슴이 젖는다

우리 가족

하늘 같은 부모님 슬하에
아홉 남매가 태어났다
아들 넷, 딸 다섯
나는 일곱째, 딸로는 넷째다

충남 당진 대호지면 장정리
양지바른 작은 농촌 마을
넉넉하진 않아도
사랑과 정이 넘쳐나던 집
효가 숨처럼 흐르던 집

세월은 가족을 불려
사위와 며느리,
손주와 증손주까지
일흔일곱의 이름이 되었다

미국, 필리핀, 태국,
아르헨티나까지
서른의 가족이
다른 나라 같은 하늘 아래서
하루를 건넌다

미국인 형부
아르헨티나인 조카며느리
언어와 문화는 달라도
가족이란 울타리 안에서
모두 같은 숨이다

자주 보지 못해도
마음은 늘 지척
멀리 있어도
한 식탁에 둘러앉은 듯

가족의 사랑과 정은
밥 짓는 냄새처럼 번진다

서로 사랑하고
서로 힘이 되고
서로의 등을 다독이는 일

그것이
하늘에 계신 부모님께 드리는
가장 큰 효도라 믿는다

세상에 하나뿐인 브래지어

열여덟에 시집와
열아홉에 첫아들을 낳고
그 뒤로 계절처럼 이어진 생명들
네 아들, 다섯 딸
젖싸개로 산 세월
스무 해가 훌쩍 넘는다

브래지어 없던 시절
엄마는
흰 옥양목을 넓게 재단해
늘어진 젖통을 품듯 감싸셨다

젖의 무게와 크기만큼
단추는 들쭉날쭉
자신 몸보다 먼저
자식의 배고픔을 헤아렸다

시골 농가
사시사철 손빨래하던 날들
비누 거품 사이로
엄마의 숨과 노동이 섞였다

돌아가신 지 열세 해
장롱 한 켠
고이 접힌 수제 브래지어
요즘의 어떤 기능성보다

1m 둘레에 높이 26.5cm
그것은
자식들의 양식 창고이자
가슴을 지켜내는 방패였다

젖과 땀과 사랑이 섞인

체온의 무한 향기

세상에 하나뿐인
그 브래지어 안에
엄마의 젊은 생애가
고스란히 스며 있다

입을 수는 없어도
나는 오늘도
그 은혜를 입고 산다

부모님의 사계

봄에는
꽃처럼 웃으며
내 손을 잡아 주시고

여름에는
뜨거운 햇살 아래서
그늘이 되어 주시고

가을에는
열매처럼 익은 사랑을
말없이 내어 주시고

겨울에는
찬바람 속에서도
끝까지 나를 감싸 주십니다

부모님은

사계절 내내

내 곁에 계신

따뜻한 계절입니다

엄마의 칠순, 서울의 그날

서른두 해 전
비디오테이프 속에는
그날의 사람들이
환하게 웃고 있었다

고향마을에서 건너온 발걸음들
서울 송파 올림픽회관
잔칫상마다 축하가 넘쳤다

자식들은
부모님 은혜 앞에 큰절 올리고
엄마를 업고
아버지를 업고
덩실덩실 만수무강을 빌었다

손주들의 재잘거림 사이

고향 어르신들의 주름진 손이
햇살처럼 머물렀다

누군가는 이제
영상 속에만 남아
만질 수 없는 온기가 되었지만
그날만은 모두 살아
함께 노래하고 있었다

초대가수와 축하객의 노래
소주잔의 부딪힘
디스코에 실린 막춤 속에
도시와 농촌의 경계도 없었다

서울 한복판
시골 할머니의 칠순 잔치

그날의 사람들
널뛰듯 오가던 웃음들
이제는 더 그리운 이름들

그날의 기억이
오늘도 내 가슴에서 빛난다

추억의 방

아버지 가신 지 서른 해
엄마 떠나신 지도 열세 해

우리 집 한편,
아직 두 분이 머무는 방이 있다

딸 다섯, 아들 넷
그중 넷째 딸
일곱 번째인 내가
그 방을 살핀다

누구든 집에 오면
말보다 먼저 그 앞에 선다
손주와 증손까지
두 손을 모으는 법을 안다

아버지 손때 묻은 라이터,
엄마 손길 닿은 쇠다리미와 참빗
양은 도시락
삐삐와 잉크와 펜촉…

부모님의 사랑과
우리 남매들의 추억이
물건마다 붙어 있다

그곳에 앉아 있으면
사진 속 두 분의 시선이
다가와 마음이 따뜻해진다

대청마루에 둘러 앉아
밥을 나누던 시절
토닥이던 웃음이

다시 살아난다

꽃을 좋아하시던 엄마를 위해
꽃을 올리며 인사하고
술을 즐기시던 아버지를 위해
소주 한 잔 올리며 인사하고
자식들의 안부를 전한다

두 분은
하늘과 이 방을 오가며
오늘도 우리를 보살피신다

내 마음 안에
아홉 남매의 마음 안에
불 꺼지지 않은 집 한 채로

이니와 고니

이니, 고니
나의 또 다른 이름이다

이모할머니는 이니가 되고
고모할머니는 고니가 되어
긴 이름 대신
아이들 입에 감겨 불린다

말이 자라도
그 부름은 남아
우리 사이를 잇는다

이모할머니도, 고모할머니도 여럿이지만
이니, 고니는
아이들이 내게만 준 이름

앞으로 또
이니, 고니라 부를
아이들은 몇이나 더 늘어날까

오늘도 나는
아이들 쪽으로
먼저 마음을 내민다

아린 칠월

아홉 남매 중
여덟 번째로 태어난 너,
아들로서는 막내였던 우리 종남아

칠월,
열기 가득한 미국의 하늘 아래
너는 갑작스레 우리 곁을 떠났지
멀고 낯선 땅에서
심장이 멈추었다는 소식은
숨이 턱 막힐 비보였다

큰오빠와 나는
그저 비행기 창에 기대어
울음도 삼킨 채
너에게 가는 하늘길을 건넜다

현지에 살던 큰언니, 둘째 언니네
가족들과 함께 치른 장례
그러나 타국의 흙은
너를 품기엔 너무 차갑고
너를 묻고 돌아서던 발걸음은
뼈까지 무너져 내렸다

한국에 돌아와
살아 계신 어머니 곁에 앉으면
말하지 못한 진실이
가슴을 날마다 긁어내렸다
엄마 눈빛이 흔들릴 때마다
너의 소식을 감춘 죄가
나를 더 깊이 파고들었다

어느 밤,

꿈결에 문을 두드리던 너
"누나, 나 왔어"
그렇게 서 있었는데
엄마가 놀랄까 두려워
그 문을 열어주지 못한
그 한순간이
지금도 나를 아리게 한다

칠월이면
세상은 다시 너의 그림자를 꺼내 놓고
나는 또다시 그 여름 끝에 서서
너를 부른다, 종남아

아홉 남매 중
가장 먼저 세상을 떠난 너,
지금은 하늘나라에서

엄마, 아버지 손 꼭 잡고
미소 짓고 있으리라 믿지만

그래도
너무 그립고 보고 싶구나
내 동생 종남아
그곳에서 부디 평안하여라

오늘도 넷째 누나가
너를 추억하며 명복을 빈다

고와 스톱 사이

가족의 판에서는
손해 볼 일이 없다
누가 이기든 누가 지든
놀림과 웃음 속에
우애는 깊어진다

막내는
감쪽같이 속인다
점수는 슬쩍 올리고
피박은 아닌 척

다 보이는데도
언니들은 넘어간다
속은 걸 알면서도
속아준다
막내가 막내인 이유로

두어 달에 한 번
셋째 언니와 맞고를 치면
세월이 잠시 젊어진다

언니와 오빠들은
따면 돌려주지만
나는
안 돌려준다
아랫사람의
오래된 애교처럼

다섯 자매가 모이면
누군가는 광을 팔고
쉬는 판에서
보는 재미가 쏠쏠해

인생도 그렇듯
아픈 패는 적고
웃는 판은 많기를

화투를 내려놓아도
웃음은 남아
우리 자매의
건강과 행복이
스톱 없이
계속 고Go 하기를

초원교회에 남은 손길

삼월의 찬 바람 스치던 날
막내 제부는
하늘의 부름을 받아
조용히 먼 길을 떠났습니다

폐암의 고통 속에서도
끝내 웃음을 잃지 않았고
코로나의 황량한 시간 속에서도
가족의 사랑에 기대
견뎌 주던 사람

법 없이도 살 만큼
착하고 선했던 마음
누군가의 기억 속에서는
언제나
따뜻한 봄빛입니다

초원교회의 작은 예배당에서
그는 처음 기도를 배웠습니다

목사님의 기도 소리
교인들의 따뜻한 시선과 손길
그 모든 사랑이
제부의 마지막 길을
밝혀 배웅했습니다

그가 만든 나무 식탁들
지금도 초원교회 식당에서
교인들을 맞이합니다

누군가 그 식탁에 앉아
밥 한 순가락 뜰 때마다
그의 따뜻한 심성이
조용히 전해집니다

왜 그리 서둘러
그 착한 사람을 데려가셨는지
우리는 아직 묻지만

걱정 말아요, 제부님
남겨진 사랑까지
우리가 서로 나누며
살아가겠습니다

주님의 품 안에서
편히 쉬십시오

초원교회 어딘가에
아직도
제부의 손길이 남아 있으니까요

별이 되어

며느리라는 이름으로
우리 가족이 된 인연
함께한 소중한 날들이
너무 짧았다

자기 몫을 다하며
성실히 살았을 뿐인데
'암'이라는 수갑을 채워
하늘나라로 데려갔다

뿌리고 가꾼 행복
누리지도 못한 채
이별이 끝나지 않은 삶을
그렇게 접었다

이승에서 못 누린 행복,
그곳에서 맘껏 누리시길
기도드린다

별이 된 올케,
우리 가족의
지워지지 않는 이름이다

아름다운 3세

아버지 안성기,
어머니 조순형 사이에

종국, 종관, 종구, 종남,
종예, 종희, 종분, 준희, 종금
아홉 남매의 시간은
어느새
스무 개의 이름으로 자라
또 하나의 숲을 이룬다

그 숲이 된 이름들

홍일, 홍준, 홍진,
은경, 창기, 은정, 병기,
홍수, 은영, 은순, 홍민,
탐, 메튜,
진희, 진영, 규환,

성희, 성령, 돈일, 규희

부르면
한 사람이 아닌
한 세대가 고개를 드는 이름들

각자의 자리에서
묵묵히 하루를 일구며
한 뿌리에서 자란 기억을
가슴에 품고 살아간다

함께 웃고
함께 울었던 날들이
겹겹이 쌓여
스무 갈래 삶의 길이 되었고

그 아래

또 다른 작은 이름들이
사대의 시간을 연다

아홉 남매가
서로의 등을 내어주며
여기까지 걸어왔듯

이 아름다운 3세 또한
서로의 바람막이가 되어
멀리 살아가더라도
마음은
한 집의 등불

대대손손 이어질
자랑스러운 이름들

우리의 아름다운 3세

제3부

별로 살고 싶다

별로 살고 싶다

별이 되고파
까맣게 타버린 가슴에
새살 돋게 하는
희망의 빛
그런 별

이웃의 아픔을
일그러진 세상을
보듬고 바로 세우는
그런 별

추울 때 남산골에 안기고
더우면 아리수에 미역 감아
해맑은 얼굴로 반짝이며
행복을 키워가는

온 누리에
함께 살아가는 모든 것들에게
희망이 되고 길이 되는
그런 별

깜깜한 절망 속에서도
한 줄기 빛으로
초롱초롱 살아 있는
별로

살고 싶다

오늘도
나는

양심을 기우다

지키지 못한 양심에
구멍이 났다
나의 실수로,
아니
나의 잘못으로

멍든 양심을 돌보아
다시 숨 쉬게 하리라
남은 생
눈물 덜 흘리도록

구멍 난 양심을 기운다
언제 어디서나
고개 들고 서기 위하여
고운 마음을 기둥 삼고
진실의 조각들을 대어
단단히 꿰맨다

모양이 곱지 않아도 괜찮다
유행에 뒤져도 상관없다
누가 무어라 하든
흔들림 없이
한 땀, 또 한 땀
정성을 다해

오늘도
내일도
숨이 닫히는 날까지

그래도 남는 틈이 있다면
그곳은
저승에 가서
마저 기우리라

소망

잿빛으로 꽉 찬
누리 틈새의
겨를 없는 치달림에
어느 사이
그리 지치고 멍드는
몸과 마음
다스리고 돌아볼
짬을 늘 그립니다

언제나 싱그러운 곳에
고요히 앉아 노닐 수 있는
그런 곳 말입니다
우린

발자취

지난 삶 속에
내가 흘리고 다닌 흔적들
어딘가에 떠돌고 있을
또 다른 나

때론 발가벗겨진 채로
때론 아름답게 포장되어
내 등 뒤를 밟는다

사랑과 미움,
기쁨과 슬픔 속에
그려진 나의 흔적

이별 위에 또 하나
슬픔 위에 또 한 점
나의 발자취는

뿌린 대로
부초처럼 떠다닌다

부서진 마음 위에 또 하나
조각난 사랑 위에 또 한 점
흐르는 세월에도 빛바램 없이
동행하는 추억

아플지언정
언제 들춰봐도

흔적 속에 선 내가
고개 숙이지 않을 이름이기를

세월이 지나
점으로 흩어질지라도

나는

부끄럽지 않을 이름으로

남기를

생각

누가 따라오는 것도 아닌데
늘 앞질러 가려니 바쁠 수밖에
자유라는 특혜를 업고
참견 안 하는 데가 없다

반기든 안 반기든 제집처럼 드나들며
웃고 울게 만드는 바람둥이
바람처럼 사라져 잊고 사노라면
어느새 턱밑에 와서는
애인하잖다

재회는 새로운 사랑의 시작
희망이 없다면 헤어질 수밖에
알토란같은 결실 거둘 수 없다면
정도 미련도 다 털어버리련다

말[言]을 벗할 때와
행(行)과 동행할 때는
인과응보의 의미를 되새겨
가는 방향과 머물 곳을 정하고
확신과 책임감도 데려가야지

어두운 곳엔 빛을
젖은 곳엔 온기를
어리석은 녀석에겐
지혜로운 배필을 짝지어 주어
튼실한 자식 낳도록
삼신할미께 빌어본다

완성

봄의 사랑은
서툰 약속으로
충분하고

여름의 사랑은
다툼 속에서
진심이 자란다

가을이 되면
붙잡지 않아도
곁에 있고

겨울에는
말없이 건네는
체온 하나로
사랑은
완성된다

내 안의 날씨

기쁨이 찾아오던 날은
햇살이 방 안을 가득 채우는 것처럼
세상이 조금 더 가까이 다가왔다

그러다 문득
슬픔이 발끝에 걸려 오면
발자국마다 물기가 남아
하루가 조금 더 천천히 흘렀다

마음은 늘 한 방향으로만 움직이지 않는다
따뜻함이 스치고 지나가던 자리엔
온기와 기억이 오래 머물렀고,
차가움이 잠시 머물던 순간엔
말 대신 침묵이 방을 채웠다

가벼웠던 날은

바람에 흔들린 빨래처럼
설렘이 조용히 흔들렸지만
무거웠던 날은
말 한 톨이 돌처럼 마음을 눌렀다

밝은 마음이 들면
문을 열지 않아도 방 안이 환해졌고,
어두울 때는
작은 그림자 하나도 크게 느껴졌다

멀어진 마음은
손을 내밀어도 닿지 않는 것 같아
발걸음을 멈추게 했지만
가까워진 마음은
말없이도 고개를 끄덕이게 했다

높아지는 마음은
꿈을 향해 손을 뻗게 했고
깊어지는 마음은
기억의 바닥까지 내려가
한참을 머물게 했다

흐리던 마음이 갠 어느 오후
창문을 열자, 처음 바람이 스쳤다
그 순간 깨달았다

마음은 언제나 한 가지가 아니고
늘 이렇게
여러 갈래의 나를 지나
다시 나에게 돌아온다는 것을

다시 두드릴 때

베푼 것을
기억하지 말라 했지
받은 것을
잊으라 하진 않았다

필요할 때는
문 앞에 서서
간절을 놓고 가고
해결되면
침묵을 두고 떠난다

도움은
계산이 아니지만
사람의 마음엔
출입문이 있다

다시 문을 두드릴 땐

고민보다 먼저

고개를 숙일 줄 아는 것

그게

사람의 양심이다

접어둔 마음

꽁꽁 싸매어
간직해 온
보따리 하나

콩닥콩닥
용기 내어
코밑까지 다가갔지만
오늘도
펴 보일 수 없네

강산이 바뀌고
또 바뀌어도
빛바래지 않은
나의 마음, 나의 소망

다시

품고 돌아선다

그대 마음 다칠까
그대 가슴 더 아릴까

정녕,
이 생애에
한 번쯤
펴 보일 날이 있을는지

아쉬움

내가 사랑한 봄은
그대 곁에 있는데

나는 아직
겨울에 서 있다

너를 향한
나의 발돋움

창공

꽃비 차려입은
가을 얼굴같이
어찌 저리도
푸르를 수 있을까

슬픔 한 점 없는
꿈의 바다에서
물살 저어 가던 마음

멀리멀리
실어 보내면
얼마나 걸리려나

그대가 머무는
그리움의 정거장까지

난로

그대에게
이르는 길이
비록 멀더라도
온몸으로
가까이 가고 싶다

수줍은 이야기로
빨갛게 달아오른
겨울 여인,
그대

그대에게 안겨
푸른 밤의 전설을
오래 지피고 싶다

살다 보면

첫 인연은
말보다 먼저 안긴 부모의 품
묻지 않아도 이미 시작된 약속

왜 우리는
주먹을 불끈 쥐고 태어날까
세상에 지지 않겠다는
본능의 선언처럼

울음으로 문을 열어
빛과 공기와 이름을 얻고
탯줄 하나로 이어진 생은
사랑과 책임을 함께 배운다

길은 주어지지 않아
스스로 만들며 걷는다

넘어지고, 다시 일어서며
몸은 급소를 기억한다

가장 아픈 자리에
상처가 남고
피와 시간이 굳어
딱지가 되고
그 위로 새 살이 돋는다

희 · 노 · 애 · 락이
끊어질 듯 이어진 길을 걷다 보면
어느새 우리는
처음 왔던 자리로 돌아와
비로소 자신을 만난다

살다 보면

기쁨을 주는 인연도 만나고
원치 않은 인연도 스친다
모든 만남에는
지나가야 할 이유가 있다

그래서 오늘 나는 다짐한다
원망보다 이해를,
후회보다 성찰을 택하겠다고

잘 산다는 것은
많이 가진 삶이 아니라
다시 돌아와도
부끄럽지 않은 길을
걷는 일임을

제4부

하나 되는 날을 향한 전진

하나 되는 날을 향한 전진

길고 긴 분단의 밤
짙은 어둠 속을 걸어
가슴에 품은 염원
별처럼 빛났지

백두에서 한라까지
끊어진 허리 잡고
그리움의 강물을 건너
마주 설 그날을 꿈꾼다

가슴 벅찬 통일이여,
힘찬 발걸음으로 오라
서로를 향해 달려가
뜨거운 포옹으로 하나 되자

평화의 깃발 높이 들고

미래를 노래하자
하나 되는 날,
우리 민족의 위대한 전진
한민족통일여성협의회가 응원하나니

다른 듯 닮은 얼굴,
같은 피 같은 노래
반세기 넘은 세월
아픔은 희망이 되었네

장벽을 넘어선 목소리
메아리 되어 울리고
함께 만들어갈 새 역사
세상에 펼쳐 보이리

어둠을 걷고 떠오른

찬란한 태양 아래
자유와 번영의 땅
손 맞잡고 함께 걸어가
더 크게, 더 높게, 우리의 꿈을 외쳐!

전진, 전진, 하나 된 조국이여!
영원한 통일이여!

자유와 평화의 깃발 높이 들고
미래를 노래하자
하나 되는 날,
우리 민족의 위대한 전진
한민족통일여성협의회가 응원하나니

고향을 두고 온 세월

마순희,
그 이름 앞에는
한 사람의 생보다
분단의 시간이 먼저 놓여 있다

북녘 하늘 아래
남편을 먼저 보내고
삶은 그날부터
혼자가 되었다

국경은 선 하나였지만
넘는 데는 목숨이 필요했고
남기는 데는 평생이 필요했다

고향의 흙
친구의 이름

어릴 적 웃음
모두 두고
세월만 데리고 남으로 왔다

부르고 싶은 이름은
목에 걸리고
보고 싶은 얼굴은
사진 없이 늙어갔다

이산가족의 슬픔은
시간이 지나도
사라지지 않는다는 것을
그는 몸으로 안다

어머니의 선택을 따라
세 딸도 사선을 넘었고

이제 손주들의 웃음이
이 땅의 언어로 자란다

그는 분노보다 책임을,
원망보다 품는 법을 택했다

탈북민이라는 말 앞에
편견이 놓일 때마다
그는 삶으로 답했다

묵묵히
꾸준히
흔들림 없이

그는 말한다
통일은 체제가 아니라

사람의 삶이어야 한다고

그의 가장 큰 소망은
분단된 민족이
자유 속에서 함께 살아
웃을 수 있는 날

고향을 두고 온 세월이
마침내
돌아갈 수 있는 시간으로
바뀌는 날

그의 기다림이
역사가 되는 순간

통일로 이어질 이름들

어떤 집에는
문이 하나 더 있다

열쇠는 있지만
맞닿을 문틀은 사라진
반쪽의 집

이름을 부르면
대답 대신
강 하나가 흐르고

강 건너
밥 짓는 연기 같은 기억이
허공에만 피어난다

살아 있다는 소식도
먼저 떠났다는 소식도 없이

한 사람의 생이
두 나라의 침묵으로 나뉘었다

주름마다
닿지 못한 손 하나씩
품고 살아왔다

수많은 밤과 겨울을 건너는 동안
사진 속 젊은 날은
점점 낯선 타인이 되었다

자식들은
부모의 등을 오래 바라본다
평생 뒤돌아선 채 살아온 사람처럼

고향 땅은 아직
발길을 기다리지만

길은 지도에서만 살아 있다

이 긴 병의 이름은
분단
치유의 이름은
하나 그리고 통일

생전에
서로를 끌어안고
"잘 왔다"
말할 수 있는 날

그 집 문은
오늘도 열려 있다

통일이
들어올 때까지

우리가

동강 난 채 앓고 있어
슬픈 한반도
누가 하나로 잇나
우리가 고쳐 이어야지

넘나들 수 없어
안타까운 삼팔 벽
누가 허무나
우리가 깨고 부수어야지

만나지 못해 깊어 가는
이산가족의 아픔
누가 치유해 주나
우리가 통일로 낫게 해야지

노령이 된 민족의 숙원

통일 대한민국
누가 이루나
우리가 힘 뜻 모아 이루어야지

남북통일로 이룬 결실
자유 민주 평화 행복
누가 누리나
하나 된 우리 한민족이 누리지

세계 속에 우뚝 설
통일 대한민국
누가 주인공인가
우리 미래를 열어갈 후대들이지

한민족통일여성협의회,
여성이 만들어가는 통일한국

한 사람의 작은 목소리가
민족의 숨결로 이어질 때
족쇄였던 분단의 시간이
통곡이 아닌 약속으로 바뀐다
일상의 평화가 기도가 되어
여성의 손에서
성급하지 않게, 그러나 멈추지 않게
협력으로 길을 놓고
의심 대신 신뢰를 잇고
회복의 미래를 오늘에 불러온다

여기, 상처를 품은 역사의 한가운데서
성실한 돌봄과 연대의 힘으로
이 땅의 내일을 다시 세운다

만남을 두려워하지 않고

들리는 아픔을 외면하지 않으며
어제의 경계를 넘어
가는 길 위에
―사라지지 않을 희망을 남긴다

통일은 우리의 소원이 아니라
일상을 건너며 책임으로 완성할 미래다
한반도의 상처를 보듬어
국토와 분단된 민족이 다시 하나되는 역사를 이루자

4월의 핏줄

1919년 4월 4일
독립만세운동이 타올랐던
충남 당진 대호지면, 내 고향

4·4 독립만세 역사기념관
만세문을 열면
수백 애국지사 위패가 모셔져 있고
그 가운데 내 할아버지도 있다

어릴 적부터
글보다 먼저 배운 것은 나라였고
나라 사랑은 숨결이었다

해마다 4월 4일이면
태극 깃발 휘날리고
만세소리가 울리는 함성 속에 선다

할아버지는 조국의 독립을 위해 싸우셨고
나는 그 뜻을 이어 통일을 향해 걷는다

손에 쥔 마음의 무기,
분단을 넘어 하나 되겠다는 다짐

진정한 독립은
갈라진 강물이
다시 하나의 바다로 만나는 일

나는 안다
그날의 만세는 아직 끝나지 않았음을

할아버지가 묻는다
너는 나라를 위해 무엇을 하느냐

나는 대답한다

통일을 향한 걸음으로,

봉사의 땀으로,

식지 않는 사월의 피로

바른, 미장원

우리 동네 골목에
쉼표 하나를 달고 서 있는 이름
바른, 미장원

요즘엔 잘 부르지 않는 말,
미장원
미용실도 헤어샵도 아닌
그 말 속에는
오래된 손길과 시간이 있다

거울 앞에 앉으면
머리보다 먼저
마음이 풀린다

자유를 찾아
남쪽으로 건너온 여성

세련된 얼굴에
긴 시간을 접어 둔 손

이곳엔
비슷한 삶을 건너온 여성들이
조용히 모인다

떠나온 고향,
낯선 사회에서의 하루들
서로의 상처를
말끝으로 다듬는다

같은 이름의 아픔은
때로 더 깊지만
같은 민족이라며
건네진 온기는

오늘을 살게 한다

아직은
따가운 시선도 남아 있으나
조금씩
세상은 배워가고 있다

상호를 바꾸지 않는 이유를 묻자
그녀는 말한다
지켜온 사람들의 시간을
함부로 지울 수 없어서라고

그래서
먼 곳에 살면서도
일부러 이곳을 찾는 발걸음들

머리칼이 아니라
삶의 방향을
마음의 결을
생각의 선을

바르게,
다듬는 곳

쉼표 하나에
다정함을 걸어 두고
오늘도 문을 여는 곳
바른, 미장원

세종의 탄식

이것이 무엇이냐
백성의 집이라 하거늘
'서초 그랑자이'라 하고
'반포 자이'라 하며
'래미안 목동 아델리스'라 하고
'아크로 리버 파크'라 한다

또 이것은 무엇이냐
'래미안 카엘리투스'
'힐스테이트 레이크 송도'
'더 펜트하우스 청담'

집은 주거하는 곳이거늘
어찌하여
혀에 붙지도 않는 이름을
대문 위에 얹는 것이냐

밥을 먹으러 가면
'더 베이커스 테이블'이라 쓰여 있고
'소 서울 한남'이라 부르며
'워킹 온 더 클라우드'
'그레인 서울'
'더 로즈 앤 크라운 에일 하우스'라 적혀 있다

구름 위를 걷는다 하나
쌀은 땅에서 나고
국은 솥에서 끓거늘
어찌 말만 공중에 떠 있느냐

머리카락을 자르는 곳에 이르니
'크리스기헤어'
'이지엘헤어'
'헤어 바이 제니'

'스튜디오 원공일 헤어살롱'
'더 헤어 라운지'라

모두 한글로 읽히되
우리말은 하나도 없구나

이는 꾸밈이 아니라
버림이요
새로움이 아니라
비워냄이다

이름은 뜻을 밝히는 것인데
너희는 뜻을 감추고
소리만 빌려와
간판 위에 얹어놓는구나

내가 노한 것은
외국 말이 있어서가 아니라

이미 완전한 한글을 두고도
쓰지 않으려 하고
제 이름 붙일 자리에
남의 말을 끌어와
거리와 삶을 덮어버리는
그 행태 때문이다

말할 수 있어도 말하지 않고
적을 수 있어도 적지 않으며
한글로 충분한 곳에
굳이 외래어를 앞세워

스스로의 말을 밀어내는 일

그것이 곧
이 나라 말과 글을
허공에 흩는 일임을

나는
탄식할 수밖에 없노라

그날, 국가는 바다에 없었다

서해의 밤은
총성이 아니라
침묵으로 사람을 죽였다

파도는 국경을 몰랐으나
국가는 국경 뒤로 숨었다
부표처럼 떠 있던 것은
한 공무원의 몸이 아니라
국가의 양심이었다

구조 신호는 있었으나
명령은 오지 않았고
첩보는 있었으나
결단은 지워졌다

그는 불태워졌고

기록은 봉인되었으며
죽음 위에는
월북이라는 낙인이 덧칠되었다

진실보다 먼저 태운 것은
시신이 아니라
책임이었고
국민보다 먼저 버린 것은
한 사람의 생명이었다

장례는
2년을 건너서야 치러졌고
정의는
6년을 지나 무죄가 되었다

법정엔 판결이 있었으나

죄인은 없었고
국가엔 권력이 있었으나
책임자는 없었다

그날 바다에서
구조하지 않은 것은
한 사람만이 아니라
국가 그 자체였다

이 질문이 사라지지 않는 한
그의 죽음은
끝나지 않는다

마음의 색맹

세상이 분명한데도
색을 구별하지 못하는 이들,
흑을 백이라 우기며
권력을 향한 욕심만
유일한 진실인 듯 떠들어댑니다

입으로는 국민을 말하면서도
정작 손끝은 제 잇속만 가리키고
책임의 언어는 감추고
특권의 혀만 길어져
온 나라에 회색 먼지를 흩뿌립니다

옳음이 분명해도 모른 척,
그름이 확실해도 둘러대며
내가 하면 실수, 남이 하면 죄라는
낡고도 뻔뻔한 변명들이

아직도 정치의 안방을 차지합니다

염치를 버린 자들은
반성 대신 구호를 외치고
경우를 잃은 자들은
비난을 덮개처럼 걸치며
끝없이 제 얼굴만 닦아냅니다

그러나 국민은 속지 않습니다
혼탁함 속에서도 색을 읽어내고
누가 진실을 흐렸는지,
누가 책임을 피했는지,
누가 미래를 가로막는지 압니다

이 시대가 기다리는 이는
편을 가르기보다 상처를 봉합할 줄 알고

말보다 행동의 색이 선명하며

힘 대신 양심을 들고 서는

그 이름, 참 정치인입니다

보호수

이 땅 곳곳에 보호수가 서 있다
집 곁과 마당, 관공서의 뜰에
사찰과 교회, 밭 한가운데에도
사람의 삶 가까이에서
조용히 세월을 견뎌 온 존재

천년을 훌쩍 넘긴 몸으로
한자리를 지키며
나라의 흥망과 시대의 변화를
말없이 바라본 증인
그 자체로 살아 있는 역사

그러나 어떤 보호수는
구룡터널 앞 중앙분리대에서
서초역사거리 도로 한복판에서
매연과 소음 속에 갇혀

버티는 일로 하루를 연명한다

보호란 묶어 두는 것이 아니라
숨 쉬게 하는 일이어야 한다
상징을 지키려면
환경을 먼저 내어 주는 것
그것이 보호수의 외침이다

말은 없으나 의미는 분명하다
지켜본다는 이름 아래
고통을 방치하지 말라는 것
살아갈 자리를 허락하는 일
그것이 진짜 보호라는 것

낙타봉

반포대교와 한강 사이에
누워 있는 잠수교
굽은 등에 업힌 반포대교는 모른다
잠수교의 슬픔을

폭우가 쏟아지는 계절만 되면
살아도 산 것이 아니다
하루에도 몇 번씩
목전까지 차올라 휘감는 한강 물에
몸을 던진다

낙타봉은
잠수교의 블랙박스다
늘 눈을 뜨고
말없이 관조한다

언제 덮칠지 모를 위험을

온몸으로 견뎌내며
미리 흔들리고
먼저 잠긴다

아무도 알아주지 않아도
시민과 서울이
무사히 건너가도록

그래서 우리는 안다
잠기지 않기 위해
잠기는 다리가 있다는 것을

오늘도 낙타봉은
말없이 기록하고
잠수교는
도시의 안전을 건너게 한다

절친, 02120

"안녕하세요?
서울시 120다산콜입니다."

서울 어딘가
작은 불편 하나가
돌처럼 걸려 있을 때

나는
다섯 자리를 누릅니다
02120

밤이 깊어도
잠들지 않습니다
365일, 24시간
서울 시민을 위해
대기하는 사람들

수화기 너머 친절한 음성,

교통 · 일반행정은 1번

상하수도는 2번

안심돌봄은 3번

불합리한 행정 제도개선 건의는 4번

외로움 안녕은 5번

기타 행정은 1번

보이지 않는 곳에서

밤을 지켜 온 이들의

목소리를 지나

서울시정으로 이어집니다

서울 시민의 행복지수를

높여주는 숨은 주역,

02120 다산콜입니다

서울시에 몸담았던
스물다섯 해 동안
수없이 그 번호를 눌렀습니다

단 한 번의 거절도 없이
귀 기울여 듣고 해결 통로로 이어줘
많은 변화를 이뤄냈습니다

민원은 숫자가 아니라
시민의 하루였기에
퇴직 후에도 여전히
02120은 나의 절친입니다

오늘도
서울의 문제를 지나치지 않습니다

천만의 생활현장,
서울이
더 아름답고
더 살기 좋고
더 편리해질 때까지

제5부

모르리

모르리

몰랐을 것이다
그 꽃이
얼마나 눈부셨는지를

어둔 밤
남 볼세라
베이비박스에 내려놓은
그 꽃이

따뜻한 온정에 뿌리내려
푸른 희망으로
하루하루 자라고 있다는 것을

그 꽃을 떠난 그대는
끝내
모르리

새벽시장

아직 꿈인가
덜 깬 잠 털며
첫차에 오르는 발길

북적이는 인파 속
번쩍 깨는 새벽
몸과 마음 던져
손님 부르는 소리

꼬깃꼬깃 주머닛돈
에구구 허리야 팔다리야
애써 건져 올린 희망
오늘도
가족 등은 따습겠지

슬며시
고개 드는 아침

나눌 수 있는 생명

내 팔에서 건너간
작은 붉은 길 위로
누군가의 하루가
다시 이어지기를

일흔여덟 번
아픔보다 먼저
감사가 왔다
헌혈할 수 있는
오늘의 건강에

백 번을 향한 길은
숫자가 아니라
지켜온 몸과 마음의 기록
건강한 사람만이
나눌 수 있는 생명

존중이 없으면
건넬 수 없는 것
사랑이 없으면
흐르지 않는 것

이 피가 닿는 곳마다
두려움은 옅어지고
살아야 할 이유는
다시 선명해지기를

오늘도
생명을 믿는 마음으로
나는 조용히
팔을 내민다

알면서도

젊음이 있으되
영원할 수 없음을 알기에
너나 할 것 없이
늙음을 향해 간다

오는 죽음
안 오려니 애써 부정하며
너와 나 모두
속으며 살아간다

순간 스쳐 가는 것이
인생인 줄 알면서도
그마저 재촉하며
달려만 간다

삶이 있으되

희노애락 다 품고도

어찌하여

희락만을 좇는가

기억을 맡기는 꽃집

어머니는
젊은 날부터 꽃을 좋아하셨다

길을 걷다 멈추는 자리마다
꽃이 있었고
그 곁에서 어머니의 얼굴은
한 톤 밝아졌다

몸이 불편해
집 안에 머무는 시간이 길어져도
어머니의 하루에는
늘 꽃이 피어 있었다

그래서 나는
꽃을 사 와
거실과 창가, 문갑 위

어머니 눈길이 닿을 자리마다
조용히 놓아두곤 했다

분홍을 좋아하신 분
어머니의 시간은
늘 연분홍 기운 속에 머물렀다

어머니를 위해
자주 찾던 꽃집
양재 화훼공판장
17호, 유진플라워

문을 열면
꽃 같은 미소로 맞아주는
정명란 사장님

말하지 않아도
산소에 놓을 꽃인지
추억 공간에 꽂을 꽃인지
아는 눈빛으로
꽃을 고르신다

"어머님은 분홍을 좋아하셨죠"

그 한마디에
나는 꽃을 사는 사람이 아니라
기억을 맡기러 온 딸이 된다

어머니 떠난 지 열세 해

생신날에도 기일에도
나는 여전히 그 꽃집을 찾는다

꽃은 해마다 달라져도
그 손길은 변함없고
그 마음속에서
내 어머니는 아직
잊히지 않은 사람으로 피어 있다

그래서 나는 오늘도
단골 꽃집에
감사를 놓고 돌아선다

진짜 이모

걷지 못한 엄마 곁에서
열한 해 반
종종걸음으로
하루를 보살피신 분

도우미로 오셨으나
세월은
이모라 불렀지요

엄마 떠난 뒤
열네 해가 흘러도
우리는 아직
마음을 오갑니다

구순의 생신에
아흔 송이 장미로

다 못한 감사를 전했습니다

당신을 보면
엄마가 겹쳐 옵니다

그래서
진짜 이모

하늘의 엄마도
같은 마음일 겁니다

같은 자리, 같은 손길

이름은 바뀌어도
이곳의 간판은
늘 사람과 시간이다

서울시청 뒤 사십여 년 같은 자리
계절이 수없이 바뀌는 동안에도
문을 열면 늘 같은 얼굴들이 먼저 인사를 건넨다

스무 해 넘게 다닌 치과
'이수구치과'에서 '이치과'로 이름은 바뀌었지만
의사도 간호사도 한 번도 바뀌지 않았다

첫 내원 날의 간호사 그대로
삼십 년 가까운 손길 둘
막내라 부르기에도
어색한 이십삼 년 손길 하나

한 직장에서 이렇게 오래 함께한다는 건
기술보다 신뢰가 먼저여야 가능한 일

주인과 직원이 아니라
서로의 시간을 맡긴 사이
가족 같은 믿음 속에서
이 병원은 오래된 것이 아니라 더 단단해졌다

이수구 원장님은
내 삶에서 고마운 분
열 손가락 안에 드는 분

인간의 오복 중 하나인 치아를 맡아
내 하루의 씹는 힘과 말하는 자신감과
웃음의 모양을 지켜주셨다

얼마 전

내 치아 점수를 묻는 나에게
"구십 점입니다"

그 말을 듣는 순간
나는 알았다
내가 한 복을
잘 지켜 살아왔다는 것을

이수구 원장님과 세 분의 간호사님
내 치아를 지켜온 든든한 파수꾼
많은 이들의 이를 고치고 지켜온 조용한 수호자

오늘도 내일도
같은 자리, 같은 손길로
많은 이들의 건치를 지켜주시길
깊은 감사와 함께 마음 모아 기원한다

인옥 언니

엄마가 병원에 입원했을 때
우리는 같은 병실에서
인옥 언니를 알게 되었다

육십의 초입, 사고 이후
몸과 말은 예전 같지 않았고
때로 마음이 앞서 사람들과 어긋났다

우리는 그저 말을 걸고
기다리고, 곁에 있었다

그리하여 언니는
우리 가족 앞에서만
조금씩 안온해졌다

엄마가 병원을 떠나던 날

언니는 말없이 눈물을 흘렸다

그때 우리는
서로 언니이자 동생이 되었다
그 인연이 벌써 15년

몸은 불편하지만
언니는 전화를 걸어
내 이름을 부른다
그 목소리에는
사랑 속에 살아온 흔적이 배어 있다

언니의 곁에는
늘 한 사람이 있다
남편이 흔들리지 않고
함께 시간을 건너왔다

그 헌신과 사랑 덕에
인옥 언니는 불편한 몸으로도
충분히 행복하다

나는 그 조용한 동행과
삶 앞에
깊은 존경을 남긴다

길 위의 목소리

내 이름은 길도우미,
예쁜 우리말을 두고도
사람들은 내비게이션이라 부른다

나는 언제나
현 위치에서 길을 밝혀 주었고
눈보라 치는 밤에도
침묵으로 동행해왔다

사람들은 잠시
내게 고맙다 말하다가도
정체에 갇히면
애꿎은 나를 탓한다

그러나 나는 불평하지 않는다
다만 바란다면

내 이름을 불러주고
잠시 숨 고르며 기다려주길

그럴 때
나는 더 안전한 길,
더 지혜로운 길로
당신을 안내할 것이다

진실

굳세어라
탄압에 굴하지 말고
거짓에 물들지도 말며
네 모습 그대로

송곳 같은 권력 앞에서도
맘에 없는 생각 품지 말고
포장된 향기 또한
끌어안지 마라

언제나 푸르러라
온 누리에 맺힌 한을 풀어
평화의 물결 넘치도록
네 모습 그대로

거짓 없는

아름다운 세상을 위하여
마냥 봉우리 맺고
굳세게
피어나라

신호등의 교훈

가다 보면 인생의 길마다
말 없는 표지가 서 있고
그 조용한 기호 하나가
잠든 결심을 흔들어
새 방향을 열어줍니다

초록의 숨결은 바람처럼
앞으로 나아가는 힘을 싣고
흐릿한 마음 한켠에
조용한 떨림을 주며
걸음을 밝게 밀어줍니다

황색 불은 길 위에
얇은 경계선을 그어 놓고
멈출지 나아갈지의
순간을 세심히 비추며

마음을 단단히 묶어줍니다

빨간 정적은 세상과 나 사이에
한 줄의 간격을 놓아주고
멈춤의 깊이를 알려주며
숨겨둔 마음을 꺼내
자리를 다시 맞추게 합니다

직진의 표시는 흐트러진 마음을
한 줄로 세우듯 이어 주고
흔들릴 때마다 그 결을
다시 다잡아 주며
앞을 투명하게 열어줍니다

좌회전의 암시는 때때로
익숙함의 틀을 벗어나라 하고

굽어지는 길 끝에서
새로운 호흡을 보여주며
다른 풍경을 초대합니다

신호의 말 없는 움직임은
삶의 리듬을 적어 내려가고
우리는 그 흐름을 따라
천천히 질서를 배우며
내일의 길을 이어갑니다

그 병원

―양재굿본 재활의학과의원

양손으로 아픔을 먼저 받들어
재기의 가능성을 믿어주는 곳
굿본, 가장 좋은 본보기는
본래의 건강한 자리로 되돌리는 힘

재활의 이름으로
활력을 하루하루 되찾게 하고
의술에 마음을 더해
학문과 경험이 함께 숨 쉬며
과정을 존중하는 치료로
의사와 환자가 마주 서서
원래의 삶으로 서게 하는 병원

논두렁밭두렁

논두렁과 밭두렁이
나란히 이어져
정겹게 기대어 있듯

상을 차리는 가족들과
그 앞에 앉는 손님들이
맛깔스런 한 끼로 마주한다

엄마가 버무린 정성,
딸들과 사촌의 잰걸음으로
텃밭에서 자란 채소와
짝을 지어 상에 오른다

상추 한 장 펼쳐
이천쌀밥 넣고 한 쌈
불고기 얹혀 한 쌈

서로의 안부를 감싸고,

삼겹살 한 줄 뒤집으며
묻어둔 시름을 넘긴다

찬을 채워주는 손길에
말 대신 마음이 오가고

돌아서는 길목,
누룽지 봉투 하나가
다음 밥때를 약속한다

언제나 만석인 그곳,
웃음과 대화가
논두렁 물길처럼 번지고

그 왁자한 분위기 속에
손님 맞는 이들은 논두렁,
찾아온 우리는 밭두렁

경기도 이천 갈산동
논두렁 밭두렁

한 상의 온기를 나누며
고향 같은 자리마다
마음까지 훈훈해져
이웃이 되고
단골이 된다

해설

육화된 불심과 효도, 그리고 애국심

공광규 (시인)

1.

안준희 시인과는 오랜 인연이다. 처음은 문학을 공부하는 학교에서 만났는데 시간이 갈수록 시인의 지극한 불심과 효도, 애국심에 놀라지 않을 수 없었다. 불교 경전을 베껴 쓰는 반듯하고 통일된 시인의 사경 글씨를 보고서는, 시인의 반듯한 행동과 마음가짐으로 탁마된 그의 인격을 가히 짐작할 수 있었다.

또 하나는 부모님에 대한 효도와 동기간에 대한 우애였다. 효도는 부모님을 공경하고 사랑하는 마음을 바탕으로, 낳아주시고 길러준 은혜에 보답하는 인간의 기본적인 도리이자 전통적인 핵심 가치다. 부모님을 잘 섬기고 공경하는 마음은 가족 구성원 간의 사랑을 돈독하게 하며, 화목한 가정을 만드는 토대가 된다. 효는 모든 도덕규범의 기초로 가정에서 실천하는 효가 이웃과 사회로 확대되어 사회 전체의 질서와 연대를 강화한다.

그리고 안준희 시인의 애국심을 생각하면 입에 붙은 충

효일체(忠孝一體)라는 사자성어가 생각난다. 효와 애국심은 전통적인 유교 윤리 체계 안에서 강력하게 연결되어 있다. 부모를 사랑하고 섬기며 동기간과 우애하는 마음이 나라를 사랑하고 충성하는 마음으로 확장된다는 전통적 유교논리가 이렇게 맞을 수 있나 생각을 하게 된다.

2.

불심이 지극한 안준희 시인은 오랜 기간 사경을 해오고 있다. 부처님을 향한 신심과 경서를 베껴 쓰는 사경(寫經)은 수행(修行)과 공덕(功德)이라는 차원에서 뗄 수 없는 밀접한 관계를 맺고 있다. 불교에서 사경은 단순히 경전을 옮겨 적는 행위를 넘어, 부처님의 가르침을 몸과 마음에 새기는 최고의 기도이자 수행으로 여겨진다.

이렇게 체화되고 육화된 안준희의 불교는 사경을 넘어 많은 시편 속에 자신의 삶에 대한 깨달음과 자비로 표현되고 있다.

왜 우리는
주먹을 불끈 쥐고 태어날까
세상에 지지 않겠다는
본능의 선언처럼

울음으로 문을 열어
빛과 공기와 이름을 얻고
탯줄 하나로 이어진 생은
사랑과 책임을 함께 배운다

길은 주어지지 않아
스스로 만들며 걷는다
넘어지고, 다시 일어서며
몸은 급소를 기억한다

가장 아픈 자리에
상처가 남고
피와 시간이 굳어
딱지가 되고
그 위로 새 살이 돋는다

희 · 노 · 애 · 락이
끊어질 듯 이어진 길을 걷다 보면
어느새 우리는
처음 왔던 자리로 돌아와
비로소 자신을 만난다

　　　　　　　　　－「살다 보면」 부분

사람은 부모의 인연으로 태어난다. 여기서부터 한 사람의 파란만장한 인생의 역사가 시작된다. 시인은 사람이 태어날 때 세상에 지지 않겠다는 본능을 선언하는 것처럼 왜 우리가 주먹을 불끈 쥐고 태어나느냐는 원초적 물음을 던진다. 그러면서 성장 과정에서 만나는 희로애락을 이어가다가 어느새 처음 왔던 자리로 다시 돌아와 자신을 만난다는 인생관을 피력하고 있다. 이렇게 본래 면목을 보는 것이 불교다.

이 시에는 인생에 대한 보편적 이해가 담겨있다. 누구나 길은 스스로 만들어가야 한다는 것과 넘어지고 일어서면서 자신의 급소를 알아가고, 아픔과 상처를 통해 새로운 돌파구를 모색하고, 좋은 인연 나쁜 인연을 만난다는 것이다. 이런 인생의 원리를 아는 시인은 인생을 "원망보다는 이해를,/ 후회보다는 성찰을 택하겠다고" 선언한다.

젊음이 있으되
영원할 수 없음을 알기에
너나 할 것 없이
늙음을 향해 간다

오는 죽음

안 오려니 애써 부정하며
너와 나 모두
속으며 살아간다

순간 스쳐 가는 것이
인생인 줄 알면서도
그마저 재촉하며
달려만 간다

삶이 있으되
희노애락 다 품고도
어찌하여
희락만을 좇는가

　　　　　　　　　　－「알면서도」 전문

　고정된 실체는 없다. 영원도 없다. 이것이 무상관이다. 안준희가 들여다보는 세상도 이런 불교의 무상관 안에 있다. 젊음은 늙음을 향해 간다. 늙음 뒤에는 당연히 죽음이다. 그러나 우리는 늙음을 한탄하고 죽음을 두려워한다. 아예 늙음과 죽음이 없는 것처럼 살아가려고 발버둥 친다. 알면서도 스스로는 속이며 살고 있는 것이다. 늙음과 고통을 받아들이지 못하고, 기쁨과 즐거움을 바쁘게 쫓아다닌다.

이런 안준희의 인생관과 도덕적 감성은 다른 시에도 자주 나타난다. 시 「다시 두드릴 때」와 「생각」 같은 경우다. 그는 시에서 "베푼 것을/ 기억하지 말라 했지/ 받은 것을/ 잊으라 하진 않았다/ 필요할 때는/ 문 앞에 서서/ 간절을 놓고 가고/ 해결되면/ 침묵을 두고 떠난다"며 양심 있는 사람이 될 것을 당부한다.

시 「생각」에서는 "말[言]을 벗할 때와/ 행(行)과 동행할 때는/ 인과응보의 의미를 되새겨/ 가는 방향과 머물 곳을 정하고/ 확신과 책임감도 데려가야지"라고 훈계한다. 안준희의 인생을 보는 무상관법과 윤리적이고 도덕적 감성, 그 밖의 삶에 대한 기율들은 모두 불경 안에 있는 것들이고. 사경이나 기도, 공부를 통해 체화한 육화된 목소리라고 할 수 있다.

3.

필자는 안준희 시인이 노부모를 돌아가시는 순간까지 지극정성으로 모시고, 서울과 격지에 사는 동기간들의 자녀들을 집에 들여 돌봐온 것으로 알고 있다. 효도(孝道)와 동기간 우애(友愛)는 인간관계의 가장 근본적인 질서이자 행복한 삶을 지탱하는 핵심 가치다. 이는 유교적 한국 사회에서 오랜 기간 중요하게 여겨져 왔다.

시집을 읽어가다 보면 안준희의 효는 성장 과정에서 학

습된 것으로 보인다. 시 「우리 가족」에서 "사랑과 정이 넘
쳐나던 집/ 효가 숨처럼 흐르던 집"이라며 효를 언급한다.
시 「세상에 하나뿐인 브래지어」에서는 엄마의 희생을 이
야기한 후 "나는 오늘도/ 그 은혜를 입고 산다"고 한다. 효
는 부모님의 은혜를 아는 데서부터 시작한다.

　　　말없이 세월을 품은 아버지
　　　성실로 하루를 쌓아 올리네
　　　아홉 남매의 집을 세우신 그 기둥
　　　그 이름 속에 사랑이 있네

　　　조용한 손으로 밥을 짓는 어머니
　　　순한 마음으로 아이들을 품어
　　　말로 다 못 할 생명의 뿌리
　　　그 이름 속에 역사가 있네

　　　아버지 안성기
　　　어머니 조순형
　　　그 이름 안에 흐르는 사랑

　　　자식 며느리 손주 줄줄이
　　　일흔일곱 숨결로 이어진 노래

그 이름 안에
우리의 집이 있네

말로는 다 담을 수 없어
이름으로만 불러봅니다
침묵 같은 사랑이 흐르는 곳
그 이름 안에
우리의 삶이 있네

아버지 안성기
어머니 조순형
그 이름 안에 흐르는 사랑

자식 며느리 손주 줄줄이
일흔일곱 숨결로 이어진 노래
그 이름 안에
우리 집의 역사가 있네

　　　　　－「그 이름 안에 －부모님께 드리는 헌정시」 전문

　표제시 「그 이름 안에 －부모님께 드리는 헌정시」는 아버지
와 어머니로부터 시작된 가계의 현재를 이야기한다. 가계
의 가족서사를 한 편의 시에 담고 있다. 말없이 세월을 품

은 아버지와 조용한 손으로 밥을 짓는 어머니를 대응시킨다. 아버지의 이름 속에는 사랑이 있었고, 어머니의 이름 속에는 역사가 있었다며, 그의 효도와 우애가 부모님에게서 왔음을 밝히고 있다.

아버지와 어머니의 존재 안에 흐르는 절대적 사랑은 자식 아홉 남매에서 시작해, 며느리, 손주를 줄줄이 낳게 해 일흔일곱 명이라는 커다란 가계를 만들었다. 화자는 이 안에 집과 삶이 있다고 한다. 따라서 안준희에게 집은 침묵 같은 사랑이 흐르는 곳이고, 일흔일곱의 자식 며느리 손주들이 이어지면서 역사를 만드는 곳이다. 어머니는 "내 안에 꽃"(「불로화」)이다.

다섯 자매가 모이면
누군가는 광을 팔고
쉬는 판에서
보는 재미가 쏠쏠해

인생도 그렇듯
아픈 패는 적고
웃는 판은 많기를

화투를 내려놓아도

웃음은 남아
우리 자매의
건강과 행복이
스톱 없이
계속 고Go 하기를
— 「고와 스톱 사이」 부분

　고스톱은 오래된 가족 놀이다. 가족끼리 둘러앉아 치는 화투는 그 자체로 특별한 가족 전통이 되었다. 고스톱은 명절이나 가족 모임에서 화기애애한 분위기를 만들고 세대 간의 벽을 허무는 효과가 있다. 함께 모여 웃고 즐기며 자연스럽게 대화가 늘어나고 가족 간의 유대감을 강화한다. 세대 간 어울려 가벼운 내기를 통해 긴장감과 재미를 더하고 가족 분위기를 활기차게 만들 수 있다.

　시인은 다섯 자매의 화투 놀이 사건을 시로 진술하며, 가족의 판에서는 손해 볼 일이 없고, 누가 이기든 지든 놀림과 웃음 속에 우애가 깊어진다고 한다. 그러면서 인생에서도 "아픈 패"는 적고 "웃는 판"은 많기를 소망한다. 안준희의 시에는 이런 동기간의 우애와 이해를 다룬 시와 문장들이 곳곳에 나타난다.

4

필자와 인연이 될 당시 서울시 공무원이었던 안준희 시인은 현재 한민족통일여성협의회 총재다. 그는 지난 2020년 11월 제11대 총재로 수락 인사말에서 "민족의 숙원이요, 미래세대에 가장 값진 유산이 될 남북통일을 위한 봉사라고 생각하고 최선의 노력을 다 하겠습니다."고 입장을 밝혔다.

그는 청년세대가 공감하는 통일운동을 펴 나가고, 전 세대가 공감하는 일상생활 속에서 흥미롭게 참여하는 정책을 개발해 추진해 나가겠다고 했다. 이렇듯 안준희의 민족과 국가에 대한 남다른 사랑은 배워서 형성된 것이 아니라 시 「4월의 핏줄」에서 언급하듯 태생적이다. 즉. 고향과 할아버지로부터 받은 피다.

시인의 고향 충청남도 당진에서는 1919년 4월 4일 항일독립선언 만세 시위가 있었다. 현재 4·4독립만세 역사기념관이 있고, 시인은 "그 가운데/ 내 할아버지도 있다"고 한다.

어릴 적부터
글보다 먼저 배운 것은 나라였고
나라 사랑은 숨결이었다

해마다 4월 4일이면

태극 깃발이 휘날리고

만세소리가 울리는 함성 속에 선다

할아버지는 조국의 독립을 위해 싸우셨고

나는 그 뜻을 이어 통일을 향해 걷는다

― 「4월의 핏줄」 부분

이처럼 시인이 글보다 먼저 배운 것은 나라와 나라 사랑이었다. 독립선언 만세 시위에 참가 등 독립운동을 하던 할아버지를 통해서였다. 그의 나라와 나라 사랑은 학습된 것이 아니라 원래 핏줄로 타고난 것이다. 시인은 할아버지가 조국의 독립을 위해 싸운 정신을 이어받아 현재 가장 큰 민족 모순인 통일을 위해 통일운동 여성단체 장으로 활동하고 있다.

여러 편의 시들을 통해 안준희는 민족의 "분단을 넘어/ 하나를 이루겠다는 다짐"으로 나라 사랑의 실천을 강조하고 있다. 그는 "진정한 독립은/ 갈라진 강물이 다시 하나의 바다로 만나는 일"이라며 1919년의 할아버지 세대가 불렀던 "그날의 만세는/ 아직 끝나지 않았음을" 안다고 한다.

시인은 "내 안의 할아버지가" "너는 나라를 위해 무엇을 하느냐"는 물음을 듣는다. 자신의 다짐과 할아버지의 물음에 대한 대답은 "통일을 향한 걸음으로,/ 봉사의 땀으로,/

식지 않은 사월의 피로."의 실천이다. 안준희는 통일을 향
한 나라사랑의 실천방식을 시 「한민족통일여성협의회, 여
성이 만들어가는 통일한국」에 오롯이 담아놓고 있다.

> 한 사람의 작은 목소리가
> 민족의 숨결로 이어질 때
> 족쇄였던 분단의 시간이
> 통곡이 아닌 약속으로 바뀐다
> 일상의 평화가 기도가 되어
> 여성의 손에서
> 성급하지 않게, 그러나 멈추지 않게
> 협력으로 길을 놓고
> 의심 대신 신뢰를 잇고
> 회복의 미래를 오늘에 불러온다
>
> 여기, 상처를 품은 역사의 한가운데서
> 성실한 돌봄과 연대의 힘으로
> 이 땅의 내일을 다시 세운다
>
> (중략)
>
> 통일은 우리의 소원이 아니라

일상을 건너며 책임으로 완성할 미래다
한반도의 상처를 보듬어
국토와 분단된 민족이 다시 하나되는 역사를 이루자
　　　－「한민족통일여성협의회, 여성이 만들어가는
　　　　　　　　　　　　　　통일한국」 부분

　파괴적이고 크고 거창한 외침보다는 시에서 일상의 작
은 실천을 통해 통일로 이어가자는 여성의 목소리가 들린
다. 작은 목소리와 숨결, 약속, 일상의 평화와 기도, 성하지
않은 꾸준함, 협력과 신뢰, 회복, 돌봄과 연대, 두려움 없
는 만남이 가져다주는 어휘들이 통일을 편안하게 받아들
이게 한다. 안준희 시를 읽으면 따뜻한 통일이 올 것만 같
은 생각이 든다.
　안준희의 통일관은 그동안의 우리가 노래로 불렀던 관
념인 "우리의 소원은 통일"이 아니라 일상의 작고 따뜻한
실천을 통해 통일로 건너가자고 제안한다. 한반도의 상처
를 보듬어 분단된 민족이 다시 하나 되는 나라로 가자고
한다. 시 「하나 되는 날을 향한 전진」 역시 위 시와 궤도
를 같이한다.
　시인은 "백두에서 한라까지/ 끊어진 허리 잡고/ 그리움
의 강물 건너/ 마주 설 그날을 꿈꾼다/ (중략)/ 자유와 평
화의 깃발 높이 들고/ 미래를 노래하자/ 하나 되는 날,/ 우

리 민족의 위대한 전진/ 한민족통일여성협의회가 응원하나니"(「하나 되는 날을 향한 전진」)라고 한다. 문장에 통일에 대한 열망이 넘친다.

탈북민은 분단의 산물이다. 시 「고향을 두고 온 세월」과 「바른, 미장원」은 탈북민 인물들과 소통하는 이야기다. 시인은 등장인물의 말을 통해 "통일은 체제가 아니라/ 사람의 삶이어야 한다고" 주장한다. 분단된 민족이 자유 속에서 함께 살면서 웃을 수 있는 날이 통일이고 고향에 두고 온 세월이 와서 돌아갈 수 있는 시간으로 바뀌는 날이라고 한다. 또 미용실에 앉아서 "머리보다 먼저/ 마음이 풀린다"고 우호적이고 다정한 마음을 탈북민에게 보낸다.

5.

안준희 시집을 읽어가면서 체화된 불교와 거기서 우러난 부모님에 대한 효도와 동기간 사이의 다복한 우애, 애국정신과 통일 활동을 진술한 시들을 살펴보았다. 지극한 불심을 행동으로 보여주는 신행 활동인 사경을 통해 불교를 체화한 시인은 사경을 넘어 자신의 삶에 대한 깨달음과 남을 향한 자비행을 시의 행간 속에 온전히 갈무리해 놓고 있다.

표제시 부제에 붙어있듯, 이 시집은 부모님께 드리는 헌정 시집이다. 시에 나타난 시인의 부모님에 대한 효도와 동기간에 대한 우애가 상당함을 확인할 수 있다. 부모님을 공경하고 사랑하는 마음, 동기간들과 보듬고 우애하는 표현들, 어머니를 돌보거나 이런저런 삶의 과정에서 인연이 된 사람들을 아끼는 모습이 여실하게 보인다.

누구나 알다시피, 애국은 국가와 개인 모두에게 매우 중요한 가치를 지닌다. 안준희의 애국 활동은 단순히 나라를 사랑하는 마음을 넘어, 자신이 속한 공동체의 안전, 번영, 그리고 미래를 위해 헌신하는 태도를 보여준다. 시인은 거대 담론의 통일뿐만 아니라 탈북민에 대한 관심과 도움, 베이비박스에 버려지는 갓난아이를 눈부신 "그 꽃이"라며 안타까워하기도 한다.

소울앤북 시선
그 이름 안에

초판 1쇄 발행 | 2026년 4월 2일

지은이 | 안준희
만든이 | 이용헌
펴낸이 | 윤용철
펴낸곳 | 소울앤북
주 소 | 경기도 파주시 회동길 325-22, 3층
편집실 | 서울특별시 중구 을지로14길 8, 618호
전 화 | 02-2265-2950
등 록 | 2014년 3월 7일 제4006-2014-000088

ⓒ 안준희 2026

ISBN 979-11-91697-31-5 03810